Collana *Pierre Dumayet*

In copertina l'illustrazione di Vincenzo Del Vecchio

www.edizionisuigeneris.it

Prima edizione: novembre 2017

ISBN: 978-88-948480-1-4

CRISTINA NORI

Diario di un molecola psicoattiva

Sui Generis

Get into the car
We'll be the passenger
We'll ride through the city tonight.
The Passenger, Iggy Pop

Questo è il diario di un passeggero.

Il passeggero

Quante cose sto scoprendo insieme a voi.
Pensavo che Iggy Pop avesse scritto *The Passenger* guardando fuori dal vetro di un'auto, magari viaggiando in America, coast to coast, attraversando deserti e praterie, strade lastricate di grattacieli e periferie di casette basse con porte che non si chiudono a chiave.
Invece era qui nel vecchio mondo, al centro di questo nucleo di storia e parole che chiamiamo Europa. *Iguana* viaggiava quasi ogni giorno sui treni di Berlino e i vetri da cui guardava erano rettangolari e sporchi, chiazzati d'acqua, smog e cibo, con impresse le impronte di migliaia di piccole e grandi mani. Iggy viaggiava dalla periferia al centro, stazione dopo stazione, e la vita si imprimeva nei suoi occhi socchiusi. Genitori, ladri, coppie in crisi, zingari e bambini, ognuno con il suo carico di emozioni da indovinare, con la sua storia da raccontare. Lui studiava queste persone, le intuiva in pochi attimi, da come si muovevano e gesticolavano, attraverso il finestrino opaco.
E un giorno le ha fatte diventare musica e parole
Ma ora, permettete che mi presenti. *Please, allow me to introduce myself*...

Non posso dire che la musica mi scorra nelle vene, perché non ho vene né corpo, ma percepisco la vostra colonna sonora, perché ognuno di voi ne ha una, nelle vostre vibrazioni.
Io sono una molecola, una scia chimica, un'associazione di atomi costruita dall'uomo per portare sollievo ad altri uomini nelle battaglie quotidiane.
Io posso farvi risvegliare o addormentare, calmarvi o tirarvi su, uccidere i fantasmi che si agitano nelle vostre teste e anche nel vostro stomaco.
Io sono il passeggero che viaggia dentro molti di voi, ingoiato, bevuto, masticato.
Scendo nel vostro corpo e salgo nelle vostre menti, rilascio il mio effetto e vi vedo trasformare.
In cambio vi chiedo solo una cosa: potervi osservare.
Io sono un composto di atomi senza emozioni e mi nutro delle vostre. Mi piace studiarvi, capirvi, mi affascinate. Siete uomini e donne che combattono con le emozioni, ma non potete vivere senza di esse. Ricorrete a me quando vi sentite vuoti, ma a volte provate sensazioni così forti che dovete usarmi per fermarle e farle tacere.
Buffo, vero?
Vi racconterò come vi vedo dal vetro di una boccetta, come il passeggero Iggy dai treni di Berlino. Sarà un viaggio fra le strade lastricate e

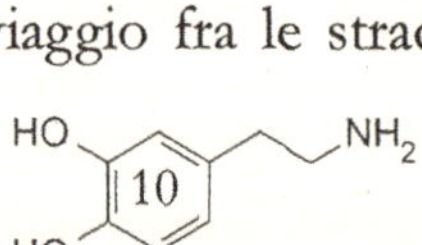

i sentieri polverosi che si snodano dentro di voi; vedrò le vostre giornate di sole e gli uragani che vi scuotono e insieme incontreremo gente, ai margini della via.

Non ci serve valigia, basta appoggiare la testa al finestrino e tenere gli occhi socchiusi… la vita passerà da sé.

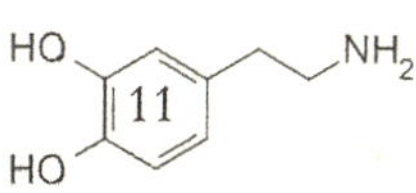

Caro Clint

Quanti significati diversi, a volte lontani, può avere la stessa parola.
Per me una famiglia è un isomero, un agglomerato di molecole disposte nello spazio in maniera differente, chimica prodotta da Madre Natura o da qualche laboratorio.
Per voi però, uomini e donne dotati di corpo e di emozioni, una famiglia è il primo nido in cui aprite gli occhi, ma può essere anche una gabbia da cui fuggire o un traguardo a cui arrivare.
Non riuscirò mai a capire perché per alcuni la famiglia sia un fortino e per altri una prigione, perché alcuni vivano nella nostalgia di una famiglia di partenza e perché altri corrano a perdifiato verso una famiglia d'arrivo.
Dalla mia scatola su una mensola della cucina, io guardo Betty in questa domenica di maggio senza sole e scopro che anche una famiglia umana può essere un insieme di elementi disposti in modo variabile nello spazio, proprio come un isomero.
Betty mi ha appena preso delicatamente fra le dita e mandato giù con un sorso d'aranciata: io detesto accompagnarmi a quel gusto dolciastro, ma mi conforta sapere che presto le porterò sollievo.

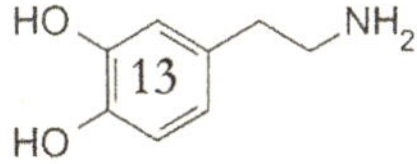

Allevierò la morsa che stringe le sue tempie, rallenterò i singhiozzi che la scuotono e, più tardi, le permetterò di chiudere gli occhi.
Le sue mani screpolate tormentano un foglietto di carta, un telegramma, un morto come tanti.
Non vogliatemene, per me la morte è un concetto estraneo, il semplice disfarsi di un legame fra atomi, nulla si crea e nulla si distrugge. Per voi invece, la morte è qualcosa di definitivo che vi sconvolge, perché se anche i vostri atomi si ricomporranno, non sarete mai più quelli di prima.
Betty per la prima volta sta piangendo per suo padre, colui che avrebbe dovuto essere la metà del suo primo nido, ma che invece per lei è uno sconosciuto.
Betty, io ti ho visto piangere poche volte: sei sempre così indaffarata, hai due lavori, una famiglia, mille hobby – per questo non dormi – e pensavo di sapere ciò di cui avevi bisogno, ma oggi ti osservo in silenzio e cerco di comprendere questo ennesimo tassello della complessità umana.

Betty ha un grande pannello di sughero in camera, dove ha attaccato le foto delle persone più importanti della sua vita.
Negli anni si è riempito all'inverosimile, le foto sono ingiallite, le facce si sono sovrapposte, finché lei

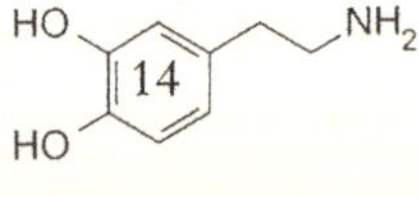

si è decisa a comprarne un secondo e a colonizzare un'altra parte di muro, sfrattando le stampe di Monet di suo marito.

Fra tutti quei rettangoli di carta fotografica, grandi e piccoli, lucidi o opachi secondo la moda dell'anno, solo uno ha una caratteristica che gli altri non hanno. Bisogna osservarlo bene, magari passandovi sopra la mano: fatelo, il tatto non vi ingannerà.

Eccolo: non è una foto, è un ritaglio di giornale.

È un uomo di nome Clint Eastwood, con la faccia abbronzata e sorridente, un paio di jeans scuri e una camicia cachi, con risvolti alle maniche. Avrà una cinquantina d'anni in quell'immagine e sta seduto su una spiaggia, in primo piano.

La didascalia, mezza tagliata, dice "Carmel By The Sea, 1980".

Cosa ci faccia nel pannello della famiglia allargata di una ragazza italiana, potete capirlo anche da soli. Eccolo qui, il padre ideale di Betty, il fantapadre che aveva descritto a scuola in cento temi, quello che faceva il poliziotto come l'ispettore Callaghan e che sapeva andare a cavallo come il Biondo di Sergio Leone.

«Ma tuo padre dove sta, visto che non viene mai a prenderti a scuola?»

Pensate che bastasse una domanda come questa per mandare Betty k.o.? Vi sbagliate: dopo la prima

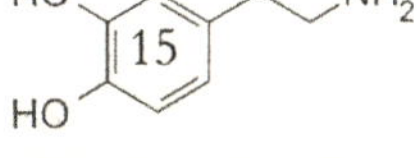

volta, Betty aveva capito che poteva inventare, e che Clint non l'avrebbe mai tradita.

«È in America, ha lasciato la polizia e fa la guardia del corpo.»

«Chi ti ha insegnato a cavalcare, Betty?»

«Mio padre, quando è tornato la scorsa estate.»

Erano le lezioni di equitazione pagate dagli zii in campagna, come regalo per la licenza media, ma gli zii non avrebbero mai conosciuto i suoi amici di città.

Una volta, in quinta elementare, Betty aveva anche portato a scuola una sua foto.

La maestra aveva chiesto ai bambini delle foto dei genitori per fare l'albero genealogico e lei, senza dir nulla a sua madre, aveva portato Clint.

Come stava bene la foto della sua mamma con un lungo abito estivo accanto a quella di Clint quarantenne!

I suoi compagni non si erano accorti di nulla: il massimo che guardavano in tv era Rocky e comunque nessuno aveva il permesso di stare alzato fino a tardi, come Betty, per vedere un bel film in seconda serata.

La maestra Gilda, benemerita nei secoli, l'aveva riconosciuto anche senza il poncho da cowboy, ma non aveva detto nulla. Il nodo nel piccolo stomaco di Betty si era sciolto quando la Gilda, una siciliana che di cose del mondo ne capiva molte, le aveva

messo otto ed era passata oltre, chiedendo di vedere il lavoro del suo compagno di banco.
Le guance gelide di Betty si erano riscaldate all'istante e lei era corsa subito fuori dalla classe con la scusa di andare in bagno.

Quanta inventiva serviva a Betty per ovviare alle cose più semplici.
Studiava le soluzioni di notte, nella sua camera con i poster di Madonna, di Eros Ramazzotti e le foto di Clint. Certo, avrebbe potuto portare con sé la copia dell'atto di divorzio e affidamento esclusivo, come le aveva sempre detto sua madre, in caso di problemi.
Lei però non voleva.
Al posto di quel peso morto di padre, finito chissà dove, che aveva divorziato anche da lei oltre che da sua madre, Betty voleva qualcuno per cui valesse la pena passare notti insonni, qualcuno che non l'avrebbe mollata mai.
Allora, chi era meglio del *Texano dagli occhi di ghiaccio*?
Betty si è brillantemente laureata in Storia del Cinema, sapete?
Riuscite a indovinare di cosa parlava la sua tesi?
Dopo la festa per la laurea, sua madre, felice e raggiante, le aveva detto una frase che, nel suo modo dissacrante, voleva chiudere il cerchio di

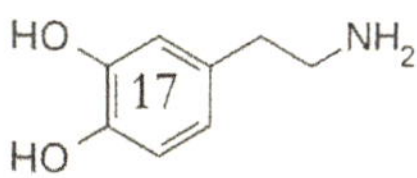

quella storia iniziata quando Betty era in fasce: «Io non te l'ho mai detto, ma per me è più bello Harrison Ford. Perché non hai scelto lui?».

Oggi il nome di suo padre, quelle due paroline vuote, è scritto su un telegramma con accanto una data di morte.

Perché Betty pianga non riesco a capirlo, io sono solo una scia chimica che viaggia nella sua mente quasi addormentata, ma so che domani si svolgerà un funerale a cui né lei né sua madre andranno.

Forse rifletteranno, forse pregheranno in cuor loro, ma la vita di Betty è qui: in questa casa, in questa famiglia, sotto un pannello di sughero su cui resterà sempre attaccata la faccia smagliante e abbronzata di Clint.

Riflessi di una slot machine

Schiaccia e gira, schiaccia e gira.
Gli occhi non si chiudono, restano incollati allo schermo senza un fremito di palpebre, secchi, senza espressione.
Chi non frequenta queste sale, potrebbe pensare che il vetro temperato delle slot machine sia cosparso di chiazze di bibite, caffè e zucchero, o segnato dalle impronte delle dita che vi si posano in continuazione. Invece le slot hanno schermi e pulsantiere lindi e splendenti: vengono puliti più volte durante le ore di apertura, come una reliquia esposta per la festa patronale, da accarezzare e venerare. Non può accadere che qualche giocatore abbandoni la postazione per il disgusto di pigiare un bottone appiccicaticcio di cola e maionese rancida.
Lo splendore delle macchinette fa a pugni con il resto del locale, su cui sembra si sia posata una sottile, ostinata patina di polvere.

Schiaccia e gira, schiaccia e gira.
Sergio ha gli occhi segnati da capillari rossi che sembrano schizzare fuori dalle sclere. Lo schermo manda luci verdi e rosse e parla un linguaggio che

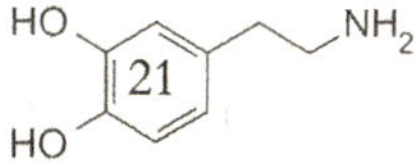

lui conosce bene: un colore caldo, come la speranza di un tris o un full, e un colore freddo, come la delusione di una stupida coppia, nemmeno vestita. Schiaccia e gira, schiaccia e gira.

Vent'anni fa almeno i cilindri giravano davvero. Oggi anche quello è un'illusione; c'è un rumore registrato che riproduce lo sferragliare sordo dei rulli di metallo, a coprire un algoritmo che sa già se hai vinto o hai perso. Sergio le ricorda ancora le macchine a cilindri, quelle con la leva da tirare dalla parte destra: su quel meccanismo faceva forza, si appendeva alla palla di plastica nera con tutto il suo peso, così gli sembrava di poter esercitare un minimo di coercizione sull'antenata di quel computer mascherato che ora si trova davanti.

«*Sergiu*, andiamo, dobbiamo tornare al lavoro, altrimenti oggi il pavimento non lo finiamo.»

Valentin non ha perso il suo accento balcanico neppure dopo dieci anni in Italia. «Sempre attaccato alle slot, nemmeno il caffè ha preso» lo deride additandolo ai compagni di lavoro.

«L'unico montenegrino che non gioca dovevo trovarmelo io per cognato» sussurra Sergio a denti stretti, giocando il suo ultimo euro.

Schiaccia e gira e stop: credito zero. Game over, come nei videogiochi di suo figlio, over come il suo cervello e come i suoi cento euro.

Sergio sbatte una manata sulla pulsantiera della

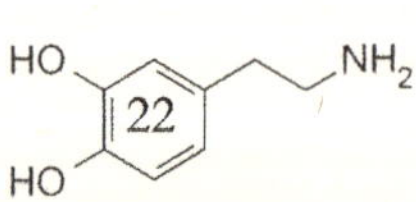

slot, che continua insolente a lampeggiare.
Il barista cinese dal viso imperturbabile capisce dal suono quando è il caso di richiamare i clienti e quando no. Questa volta lascia perdere: quante mani ha sentito sbattere su quell'aggeggio mangiasoldi, ma alla fine il vincitore è sempre lui.

Le ore pomeridiane sembrano non passare mai. Sergio taglia le piastrelle di malavoglia e il brutto risultato indispettisce i tre colleghi. I due giovani non osano protestare ma Valentin, al terzo pezzo da scartare, si fa sentire. «Stai lavorando male e lo vedi anche tu. Questa è tagliata storta e qui manca lo spazio per la fuga» dice sbattendo a terra gli scarti. «Credi di essere da solo a lavorare?»
Poi, senza attendere risposta: «Quando lavori da solo puoi fare *a cazzo* come vuoi, ma qui siamo quattro e non ci pagano tutti per colpa tua».
Fine della questione. Non è l'età o la confidenza della parentela a far parlare Valentin; Sergio sa che ha semplicemente ragione.
«Fumo una sigaretta e torno subito» dice Sergio guardando i ragazzi e tira su con il naso come un bimbo mentre esce sul balconcino dell'ufficio in ristrutturazione. Valentin sbuffa come un torello, ma finisce anche lui per afferrare il suo pacchetto di Marlboro e seguirlo.

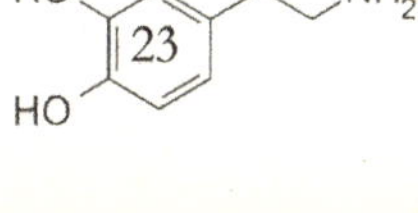

«Perso soldi oggi» Valentin non spreca tempo a usare un verbo ausiliare né a dare un tono interrogativo alla sua frase.

«Tu non puoi capirlo, oggi era il giorno giusto, lo sentivo» risponde Sergio, e nel profondo del suo cuore si chiede perché quella dolce sensazione di rivincita lo abbia tradito e trascinato a perdere.

«Avevi retto due settimane senza giocare, perché oggi l'hai rifatto?»

Come si può spiegare il gusto del miele a chi non l'ha mai assaggiato? L'ebbrezza leggera e la voglia di bere ancora a chi non ha mai assaporato un liquore?

«Forse l'unico paragone è con la torta di quando ero bambino, ne mangiavo troppa il giorno del mio compleanno. Non riuscivo a fermarmi, il giorno dopo non ce ne sarebbe stata più. E non mi importava di star male, era una fame da uomini primitivi. Non dirlo a Marcella, però.»

Sergio guarda Valentin dal basso in alto e la vergogna gli sale pensando a sua moglie.

L'altro spegne il mozzicone sul balconcino.

«Mia sorella ti ha dato l'ultima possibilità, Sergio, vedi di ricordartelo. Se non continui con il dottore e con le medicine, prende il bimbo e torna a casa. E sai che lei lo fa.»

«Lo so, lo so. Se non mi avesse trascinato lei, non avrei mai iniziato a curarmi.»

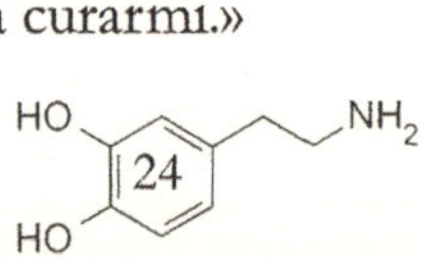

Valentin gli stringe le spalle con le sue mani da pugile, fino a fargli male.
«Marcella ha fatto tutto quello che poteva, ma adesso tocca solo a te.» La stretta diventa una morsa e a Sergio manca il fiato. Un fiotto di respiro gli passa fra le labbra, come per liberarsi.
Finalmente l'altro lo lascia.
«Io ti ho sempre detto di venire con me a giocare a rugby, ti sfoghi e non butti soldi.»
«Valentin, io con te non giocherei nemmeno a dama» risponde Sergio, finalmente con un accenno di sorriso. «Tu pensa solo a non dire a Marcella quello che è successo oggi.»
«Io giocavo nella prima squadra di Podgorica, ecco perché non vuoi giocare con me. Poi, per mia sorella, come dite voi italiani *Tra moglie e marito, non mettere…*» e mostra a Sergio il dito medio con aria strafottente.
«Umorismo montenegrino del cazzo» risponde Sergio, e tira fuori dalla tasca del giubbotto un blister di pillole. Schiaccia un cupolino di plastica e ingoia la pastiglia con un filo di saliva.
«Torniamo a lavorare adesso, altrimenti questo pavimento non lo finiamo più.»
Valentin rientra, ma Sergio si ferma ancora un attimo a guardare il sole. Io sto iniziando il mio viaggio fra i suoi pensieri. Adesso si ricomincia.

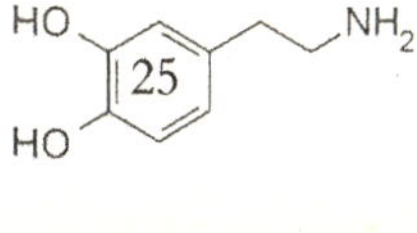

Lezioni di chitarra

La giovane psicologa aveva guardato Ester e chiuso le palpebre. “Se cita un’altra volta *Lady Jane* in quest’ora, temo che avrò un collasso. La più brutta canzone dei Rolling Stones, una lagna pazzesca, e lei la adora” aveva rimuginato fra sé.
A Ester quella canzone piaceva davvero.
Le ricordava i tempi del liceo, prima ancora che Antonio arrivasse nella sua vita, e poi ripartisse.
Ascoltava *Lady Jane* con trasporto e orgoglio, si era fatta impostare da suo nipote il giro di chitarra come suoneria del cellulare.
«Ho solo cinquantasei anni, posso ancora godermi il rock!»
Per Ester il rock era quella *Lady Jane* suonata lenta, che era tornata, insieme al suo sorriso, dopo tanti anni.

Un matrimonio come tanti, tutto sommato tranquillo, che era andato avanti per vent’anni: qualche piccolo litigio, qualche piccola scappatella, sempre perdonata, perché Ester celava in sé il seme della consapevolezza di non valere abbastanza, quindi preferiva chiudere gli occhi sulle piccole

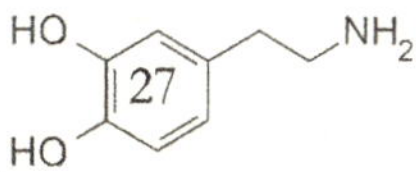

deviazioni di Antonio, invece di scatenare litigi.
Antonio, da parte sua, non era stato il peggiore dei mariti. Era stato un marito molto fallibile, umano, tenero con la loro figlia e molto innamorato, un tempo.
Poi la svolta era arrivata all'improvviso, o forse era stata solo la goccia che aveva fatto traboccare il vaso, quella negoziante incontrata per caso, un po' più giovane, ma neanche troppo.

Comunque non è Antonio il soggetto del mio racconto – avevo pensato di chiamarlo soltanto *marito*, ma poi mi sarei ripetuto troppo – non è lui quello al quale mi accompagno e al quale ho, in parte, cambiato la vita.
Antonio – *marito* – sarebbe stato solo un grosso incidente di percorso per altre donne, ma per Ester era stato il risveglio dopo una glaciazione. E i ghiacciai non si sciolgono in modo pacifico.
Lastroni lividi si riempiono di crepe e precipitano in acqua con un rimbombo che fa paura; vanno alla deriva nel mare dell'anima finché l'acqua non diventa troppo alta per non sentire un senso di soffocamento.
Ester era andata alla deriva, non tanto nella sofferenza per il divorzio, quanto nelle accuse che faceva a se stessa per avere fallito.

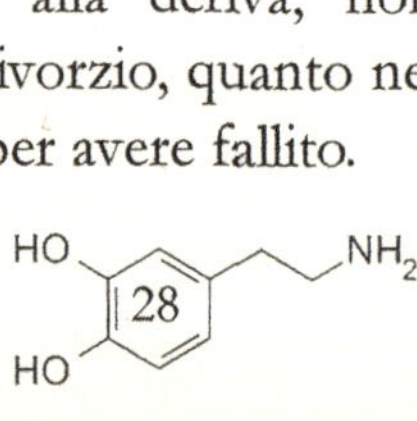

Si era adattata ad Antonio, aveva investito tutto in quella famiglia, in quel matrimonio, e poi tutto era crollato. Aveva anche rinunciato a sentire gli Stones dal vivo, nel 2006: i soldi non mancavano ed entrambi avrebbero potuto prendere un giorno di ferie, ma aveva sentito Antonio sbuffare dal divano – «Fino a Roma bisogna andare?» – e si era arresa.

Senza combattere, Ester si era arresa per abitudine.

Mi stupisco ancora della forza di Ester, perché la vera battaglia è cominciata dopo.

Quando un giorno Ester si è stancata di andare alla deriva e ha accettato il biglietto da visita della terapeuta, datole da una collega, si è scatenata una nuova guerra.

«Che bisogno hai di andare dal dottore dei matti?» avevano tuonato insieme sua madre e sua figlia.

Sua madre, alla quale forse avrebbe sottratto un'ora di scarrozzamenti e di ascolto lamentele, e sua figlia, che forse a vent'anni avrebbe imparato a far partire da sola una lavatrice. Troppo abituate a una donna che aveva sempre messo se stessa in second'ordine.

Ester però aveva resistito, quella volta si era ripromessa che non sarebbe passata in secondo piano.

I primi tempi erano stati duri: i colloqui con quella ragazza – le faceva effetto chiamarla terapeuta –

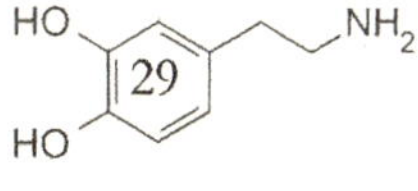

le mettevano davanti le domande che erano state sepolte e che all'improvviso reclamavano risposta. Poi sono arrivato io. Erano ancora troppi gli iceberg che oscuravano il suo orizzonte al mattino, quando apriva gli occhi e vedeva sul comò la sua foto di nozze.

Ho capito di aver fatto il mio effetto quando, dopo un paio di mesi, quella cornice di pessimo gusto è finita in cantina con il suo contenuto.

«Tua figlia e tua madre sono sbigottite, ma non hanno il controllo sulla tua vita» le aveva ripetuto la giovane psicologa.

Ester era uscita dallo studio ed era entrata in un negozio di musica. Era uscita con i due CD di *Forty Licks* e una chitarra classica usata; poi, a casa, si era fatta cercare dal nipote un corso di chitarra online.

«Vai zia, così poi suoni con il mio gruppo» aveva risposto il ragazzino divertito. Il primo sostegno disinteressato della sua famiglia arrivava da un quindicenne con la maglia dei Metallica.

«Guarda che io voglio suonare *Lady Jane*.»

«Impara allora» aveva risposto lui alzando le spalle. «Chi te lo vieta?»

Nessuno, ora non glielo impediva davvero nessuno.

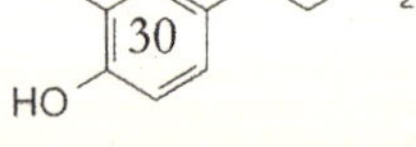

Il marinaio

Credo che questa volta il marinaio non tornerà.
Sto chiuso da giorni nell'armadietto del bagno, insieme al dopobarba, al collutorio, a rasoi e lamette, ma nessuno di noi ha più visto la luce da giorni e l'anta a specchio resta chiusa.
La mattina della sua partenza sentivo che sarebbe stato un giorno particolare.
Al marinaio tremavano lievemente le mani quando mi ha preso e ha versato le gocce nel bicchiere che tiene sulla mensola sopra il lavandino. Ho ondeggiato un po' nell'acqua calcarea e poi mi ha accostato alle labbra sottili, strette in una smorfia amara dopo il mio passaggio.
La sua donna parlava con il solito tono pacato, ma sembrava che le parole le costassero uno sforzo di fiato e concentrazione, come quando stai facendo footing e rispondi al cellulare.
La donna certo non fa footing, non più, anche se si mantiene bene: nuota, fa lunghe camminate, va in bici, tutte cose che il marinaio rifiutava categoricamente di fare.
«La corsa lasciala ai podisti» diceva con la sua cadenza secca e arrotata, scandendo la parola *podisti* con ironia.

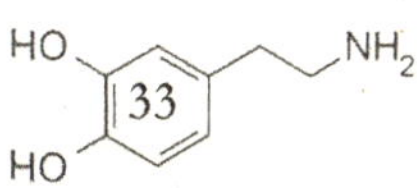

Il suo posteriore restava incollato alla poltrona da lavoro dello studio, davanti alla scrivania ricavata dal legno di un vecchio scafo, e quando doveva spostarsi, lo faceva in auto.
Fin quando poteva guidare lo faceva di persona, spesso senza cintura – l'ernia, la cervicale: pieno di scuse come tutti i marinai – con la sua donna accanto e il cane Jimmy spaparanzato, allegro e libero, sul sedile posteriore.

In questi ultimi giorni Jimmy mugola.
Non sento il rumore delle sue zampe sul pavimento, né la voce della donna che lo scaccia dalla camera da letto. Quello strano incrocio di pastore tedesco con una qualche razza a pelo irto sta sdraiato nella sua cuccia o sul divano e ha perso l'appetito; sento la voce della donna che ripete più volte al giorno «Dai, Jimmy, mangia», e il rumore di una ciotola che viene spostata.
Negli ultimi tempi il marinaio non guidava più per via del cuore, ho sentito dire.
Poteva venirgli un attacco all'improvviso come era già successo, quando gli era sembrato che il suo petto implodesse e che tutto il suo torace venisse schiacciato da una forza centripeta verso il centro della terra.
Il marinaio era stato in ospedale e, quando è tornato

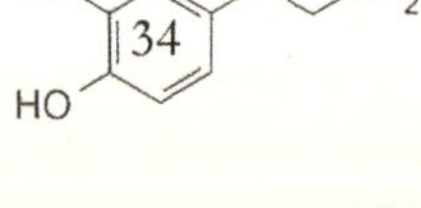

a casa per la convalescenza, io sono entrato nella sua vita. Non mi avrebbe voluto, ma l'infarto e i suoi strascichi gli avevano tolto la tranquillità, e anche un po' della sua splendida strafottenza.

Quando gli avevano vietato di guidare, offeso, aveva risposto così al dottore: "Spero che mi venga un coccolone mentre passo in macchina davanti a Montecitorio e sta uscendo..." e via con il capo del partito a cui era iscritto il cardiologo.

Lo spirito del marinaio era così, forse per questo lo pagavano per scrivere, invece che per navigare. Nelle sue pagine, anche in quelle più tecniche e serie, riusciva a infilare un guizzo impercettibile che teneva attento chi leggeva.

Da vero finto aristocratico, non scriveva nulla di persona: da giovane riusciva sempre a trovare qualche bella ragazza disposta a rovinarsi le unghie fra i tasti della Olivetti al posto suo, mentre da un po' di anni era la donna, con la sua pazienza infinita, a ticchettare sui tasti del computer. Il marinaio scandiva i pensieri alla perfezione, non gli era necessario precisare i punti e le virgole: le idee più complesse scorrevano lineari sui fogli, tanto che qualche stolto pensava che chiunque avrebbe potuto scrivere così.

Invece no, e per questo il marinaio navigava solo per passione.

Ultimamente, quando andava in barca, c'era un

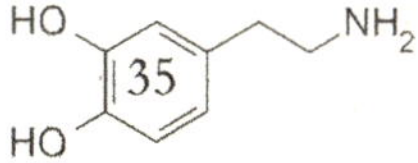

ragazzo con il marinaio, che si occupava del timone, delle gomene e del rimessaggio al tramonto, ma lui non aveva mai rinunciato al mare, a viverlo da dentro invece di guardarlo dalla spiaggia.
La sua barca era una specie di rifugio da uomini, perché navigava solo o con qualche amico. La sua donna c'era salita poche volte, preferiva l'ombrellone e una bella camminata sulla battigia, e anche la prima donna ci era stata una volta sola.
Era stato dopo la nascita della bambina.
La prima donna portava un impermeabile di vernice nero con una cintura stretta in vita, stivali cerati gialli e un grande foulard di seta annodato attorno al collo, perché pativa il vento.
La bambina, nonostante fosse solo settembre, era stata imbacuccata con giacca e cuffietta di lana, e dormiva placida nella culla portatile che la prima donna non perdeva mai di vista. Avevano passato una buona mezz'ora a legare la culla a un divanetto interno in modo che non sentisse la minima oscillazione.
La prima donna non amava il moto delle onde, il beccheggio del pontile in teak le dava il voltastomaco e la vela bianca che tagliava il cielo la lasciava indifferente. Amava il marinaio, ma questo non poteva bastare.
La prima donna e la bambina non erano più tornate sulla barca e nemmeno nella città di mare.

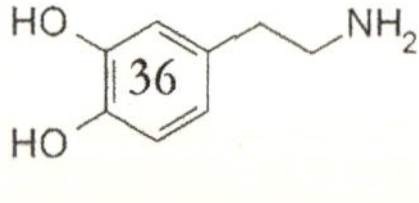

Qualche volta, negli anni, si erano incontrate con il marinaio, ma erano state conversazioni generiche e svogliate, fra persone che non si conoscono più o che non hanno ancora avuto voglia di conoscersi.
Ogni tanto, quando era in barca, il marinaio aveva l'impressione di sentire il profumo che portava la prima donna, una vecchia fragranza francese dal flacone opaco chiamata *Equipage*, e restava per un attimo intento ad annusare qualcosa nell'aria salmastra. Poi uno dei suoi compagni di regata lanciava un urlo dalla cabina: «Mozzo, tira fuori una bottiglia ché la ciurma ha sete».

La sera prima della partenza il marinaio aveva preparato una piccola valigia morbida, anzi gliela aveva preparata la sua donna, perché lui ci aveva infilato solo il rasoio e un paio di libri.
«Quando torni, facciamo il bagno a Jimmy» aveva detto la donna.
Il cane aveva alzato i sopraccigli sentendo pronunciare il suo nome, conscio che gli sarebbe accaduto qualcosa di sgradevole. Ne aveva avuto la conferma quando il marinaio era andato alla sua cuccia per accarezzarlo e gli aveva mormorato ridacchiando: «Stavolta ti tocca».
Quella frase per il cane significava che c'era una lavata in arrivo, così aveva abbaiato e il marinaio

era andato a sedersi sul balcone accanto alla donna, canticchiando una delle sue canzoni preferite, *As time goes by*, del film *Casablanca.*
Stonava e Jimmy mugolava con le orecchie sugli occhi.

Nei giorni successivi in casa c'era stato parecchio trambusto, gente che andava, veniva, telefonava, piangeva. Poi ho sentito solo silenzio.
Adesso la donna parla soprattutto con Jimmy, a cui credo nessuno abbia ancora fatto il bagno.
Ieri l'ho sentita che spostava una sedia sul balcone e chiamava il cane accanto a sé. Avevano preso una cornice dal tavolino basso del salotto e guardavano insieme una bella foto del marinaio, in cui sorrideva appoggiato al boma della sua barca, con la vela alle spalle e un borsalino marrone in testa.
In quella foto sembrava proprio Bogart.

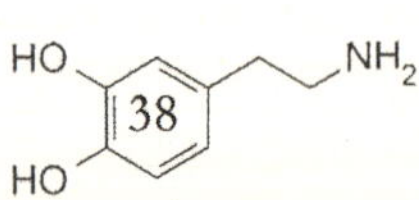

Rabbia playlist

Un giorno capirò a cosa serve la rabbia.
Solleva rivoluzioni ma può lasciarvi paralizzati, a labbra serrate, vi dà forza, ma a volte vi fa sentire terribilmente stupidi.
Quando ho iniziato a vivere con Alice pensavo che quest'emozione fosse solo un'anomalia che abitava nella sua mente, come un'auto nata con un difetto di fabbrica. Invece questa forza primitiva è innata in voi umani, ce l'avete sin da bambini, anche se difficilmente riuscite a controllarla.
La rabbia è una musica che suona con ritmo sempre diverso; volete seguirmi e ascoltarla?

Vincenzo rientra stanco alle otto del mattino, Alice è già in cucina che fa colazione.
«Papà, hai una faccia da schifo» dice lei.
Vincenzo risponde con un sospiro: «È sempre così quando faccio la notte, Alice».
La ragazza balza dalla sedia come una molla e sbatte sul tavolo i palmi delle mani. Il latte nella tazza ondeggia come un golfo in tempesta.
«Papà, tu non hai fatto il turno di notte. Nessuno di voi ha fatto il turno di notte. Siete rimasti come

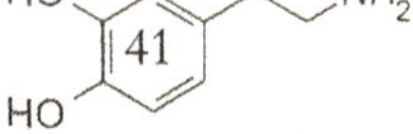

cinque fessi in una tenda da campeggio davanti a una fabbrica che vi butta via come immondizia. Sapete già come andrà a finire, eppure vi ostinate a protestare e congelarvi giorno e notte, invece di prendere la buona uscita e girare pagina.»

Alice grida e guarda suo padre come se ce l'avesse con lui.

«Abbiamo già fatto questo discorso altre volte, Alice. Io ho passato trent'anni al tornio in quell'azienda, come gli altri, e non possiamo accettare che tutto finisca così. La mia ditta non ha problemi, i clienti ci sono, le commesse anche.»

«Però nel Terzo mondo producono alla metà dei costi dell'Italia.» Alice scaraventa il cucchiaio a terra, il latte dipinge una piccola pozza bianca sulla piastrella di ceramica opaca.

«Voi dovreste spaccare tutto in quella dannata fabbrica, non fargli portar via nemmeno un pannello intero per andare a produrre fuori. O altrimenti prendere i soldi che vi danno e lasciare perdere. Io non capisco perché non vi ribelliate.»

Alice parla con l'irruenza dei vent'anni, assoluti, fatti di studi universitari, proteste fini a se stesse, solitudini e psicofarmaci.

Vincenzo guarda quella figlia rabbiosa che non assomiglia più alla sua bambina e stringe i pugni.

Inghiotte saliva amara come il fiele ma tenta, per l'ennesima volta, di spiegare ad Alice le proprie

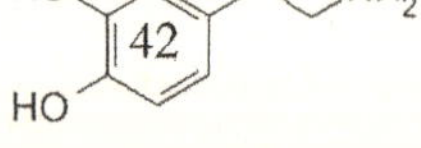

ragioni. Se la piantasse in asso in questo momento, senza spiegazioni ma piena d'astio e di dubbi, che insegnamento le darebbe? *Lei deve capire, altrimenti gli sforzi della mia generazione saranno inutili.*
Si siede al tavolo e prende un biscotto a cuore dalla confezione. Il cioccolato smorza il gusto che sente in bocca.
«Io posso sembrarti un coglione di cinquant'anni. Io e gli altri che ci congeliamo da settimane nel presidio davanti alla fabbrica, hai ragione. Però non siamo dei coglioni. Siamo arrabbiati, incazzati da morire, perché abbiamo dato una parte della nostra vita là dentro. Quando vedevamo in giro una bici che sfrecciava con i nostri telai eravamo orgogliosi, e festeggiavamo i nostri ciclisti al giro d'Italia.»
Alice si è seduta a tavola, accanto a suo padre.
«Però, per quanta rabbia abbiamo dentro, non vogliamo perdere la dignità. Se spaccassimo tutto, come dici tu, cosa diventeremmo? Dei teppisti di cinquant'anni. E anche se prendessimo quell'elemosina che ci offrono e ce ne andassimo come cani bastonati, la dignità non l'avremmo più. Resteremo in quella tenda da campeggio, al freddo, a fare i giorni e le notti come prima. È questo il nostro modo di resistere.»
Alice avvicina la mano a quella del padre e gli sfiora le nocche con il mignolo.

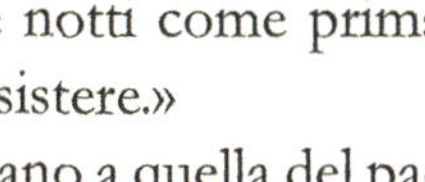

«Come ti dicevo prima, papà, mi sembri stanco.»
«Già meglio di *una faccia da schifo*» sorride Vincenzo.
«Ti faccio un caffè.»
«Ma non mettermi dentro le tue gocce» risponde lui indicando il mio flacone. «Voglio restare arrabbiato.»

Sull'Ipad di Alice: *Eroe*, Caparezza.

Sdraiata sul letto, in camera sua, Alice pensa a quanto sia difficile per suo padre riconoscere la sua bambina in questa ragazza in lotta contro il mondo. Ripensa a quando io non ero ancora qui e si sente stanca, non trova più la costanza per stare dietro alla sua rabbia.
Alice, io non ti tolgo la spinta, ti tolgo solo un po' di imprudenza. Ti rallento quel tanto che basta perché nella tua testolina bionda non si scateni un'esplosione nucleare.
Ti ho sentita raccontare di quella volta al garage, prima che arrivassi io.
C'era la solita auto parcheggiata davanti all'ingresso del tuo garage e tu eri con tua madre e quella perla di tuo cugino. A te è montata una rabbia incredibile, tua madre ti diceva di stare calma, ma quella biscia di ragazzo continuava ad aizzarti, solo per farti arrabbiare ancora di più.

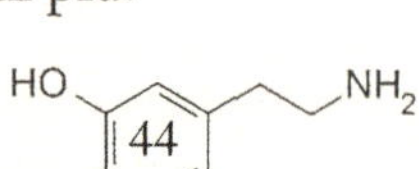

Quello continuava con la sua vocetta stridula come un gabbiano: «Alice, dai, rompigli il vetro!».
E tu, come un piccolo torello, gli hai assestato un calcio sul fanale posteriore con il tacco del tuo stivale.
Il faro è andato in frantumi.
Tua madre era disperata e tuo cugino rideva.
Lì per lì ti eri sentita soddisfatta, ma dopo, solo incredibilmente stupida.

Sull'Ipad di Alice: *La fuga in fa*, Folkabbestia.

Meglio uscire allora, camminare un po' per far tacere tutti i pensieri confusi che le affollano la mente. Un passo dopo l'altro è arrivata davanti alla sua vecchia scuola, un edificio grigio con i muri imbrattati da vent'anni di graffiti.
Ambra ti amo – Milan merda – Roby sei figo sino a uno scolorito *Ronaldo il più grande.*
Alice guarda i ragazzini che escono dal portone vociando.
Ora dimmi che non avrò paura,
Che quando il buio arriverà sarò pronta a guardarmi in faccia.
È il momento di correre via, verso casa.

Sull'Ipad di Alice: *Vertigine*, Linea 77.

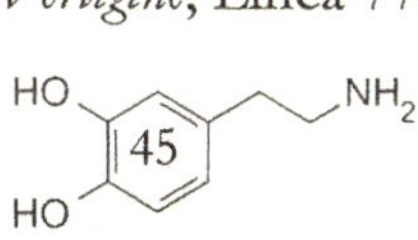

L'assioma del bridge

È sempre bello svegliarsi dopo un funerale: significa che siamo vivi.
Oggi Giuliana è più viva che mai; le sue settanta primavere canticchiano garrule in cucina, mentre prepara un cappuccino con la macchina per espresso e versa otto gocce di me in una tazzina.
È una tazzina Thun dallo sfondo azzurro e con un orsetto dipinto. Giuliana l'ha riempita d'acqua per metà e ha usato il piattino coordinato. Mi ha deglutito senza una smorfia, nonostante il gusto amaro. In fondo sono un antidepressivo, mica un marshmallow.
Anche il cappuccino l'ha preparato in una tazza Thun, grande questa volta, con l'orsetto su sfondo oro.
Giuliana gode di queste piccole attenzioni rivolte a se stessa in un modo del tutto nuovo e questo la rende felice.
Mi chiedo se io sono l'inizio o sono la fine di questo percorso.
La sua gioia di vivere è riaffiorata da sola, dopo un tempo che sembrava infinito, e mi ha aperto la strada, oppure sono io che ho liberato la sua mente e ho permesso alla vita di riemergere?

Oggi è esattamente un anno dal giorno in cui il marito di Giuliana è andato ad ascoltare Jimi Hendrix che suona per gli angeli (buon ascolto, vecchia pellaccia!), ma per sua moglie non è una ricorrenza particolarmente triste.
Ieri è stata dal parrucchiere a farsi togliere un'impercettibile radice bianca all'attaccatura dei lucenti capelli neri e oggi andrà a pranzo con due amiche.
Un ristorante sul lungo Po, niente di pretenzioso, ma con una grande terrazza affacciata sul fiume, dalla quale si possono vedere i vogatori che si allenano per le regate. Giuliana si godrà la vista dell'acqua placida dal pergolato incorniciato dal glicine, che in questi giorni tiepidi di maggio colora le città del suo delicato, effimero viola.
Dopo pranzo andranno al circolo del bridge e litigheranno per decidere le coppie. Due di loro giocheranno insieme e alla terza toccherà far coppia con Guido, il compagno di Emanuela.
Perché Emanuela non gioca in coppia con Guido? – chiederete allora.
La risposta sta in un assioma che il nostro allegro terzetto ha distillato in trent'anni di bridge.
Mai giocare in coppia con il marito o compagno, mai!
Una relazione di coppia non può sopportare quel rimbambito che non cala il nove al momento giusto o quella bisbetica che alla fine di ogni partita

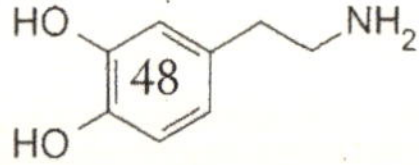

dice: «Abbiamo perso per colpa tua».
E poi Guido ha tante buone qualità, ma a carte è peggio di uno smemorato, quindi, amicizia vuole che le tre signore si alternino a fare il paio con lui, lusingato da così tanta attenzione.
Giuliana non aveva mai giocato in coppia con suo marito, nonostante Elio avesse disputato più volte i campionati italiani e si fossero iscritti al circolo insieme, tanti anni prima.
Elio preferiva giocare con i suoi compagni di team e lei non si metteva in mezzo, se non in qualche torneo di beneficenza. Non perché non reggesse la tensione, Giuliana sa essere impenetrabile con un mazzo di carte in mano, ma perché preferiva stare al tavolo delle amiche, e lasciare libero sfogo ai commenti dei compagni di squadra. Commenti che, prima o poi, andavano sempre a toccare Mici.
Già, perché l'assioma del bridge, a casa di Giuliana, non valeva solo per il tavolo da gioco.

Elio a trent'anni aveva incontrato una donna con qualche anno più di lui, Giuliana per l'appunto, e ne era rimasto affascinato. Lei era bella, colta, raffinata, e oltretutto ricca, una qualità che a uno scavezzacollo come lui non era passata inosservata. La sua famiglia premeva perché si sistemasse, aveva un fratello minore già accasato, e Giuliana gli era

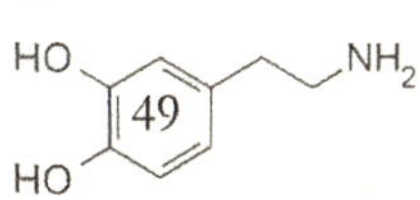

sembrata l'occasione per dare una svolta alla sua eterna gioventù, fatta di fughe dal lavoro, viaggi e feste di ogni tipo.

Innamorato? Chi può dirlo.

Sono trascorsi così tanti anni, che se anche lo chiedessi a Giuliana non saprebbe più rispondermi.

Io sono solo una molecola priva di sentimenti ed emozioni e per questo vi osservo e vi analizzo con così tanta attenzione. Vorrei capire cosa provate, cosa si muove nel vostro cervello e nella vostra anima – perché tutti ne avete una, per quanto la nascondiate bene – quando gioite, soffrite o prendete una decisione.

Io posso immaginare perché Giuliana abbia sposato Elio: nelle foto da giovane, lui aveva charme da vendere e una gran faccia da schiaffi, e poi forse la paura di restare sola aveva fatto il resto. Non si era aspettata fedeltà assoluta da quell'uomo, ma con gli anni la loro vita aveva preso una direzione del tutto imprevista.

Le scappatelle di Elio erano sempre state fugaci, ma erano diventate qualcosa di diverso quando lui aveva incontrato Mici. Giuliana odiava il nomignolo che suo marito aveva dato a quella donna, ma in cuor suo gioiva del fatto che le amanti di Elio venissero chiamate tutte così, quindi chissà quante Mici avevano risposto al richiamo nei ristoranti stellati o negli hotel della Costa Azzurra.

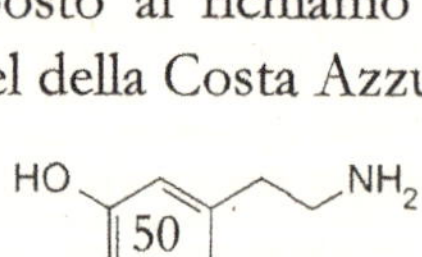

La storia fra Elio e l'ultima Mici era proseguita per dieci anni e più, parallela a quella ufficiale, alla luce dello stesso sole, ma semplicemente in altri luoghi, al punto che la gente si chiedeva ormai quale fosse la coppia regolare e quale quella clandestina.

Elio portava Giuliana a cena fuori il venerdì e Mici il sabato, regalava alla moglie i biglietti per andare all'opera con le amiche e poi filava a ballare con l'amica dai capelli biondo platino.

Giuliana andava avanti senza lamenti e senza scenate, con lo stesso viso impassibile di quando teneva fra le mani un mazzo di carte.

Curava se stessa e ciò che faceva.

Così, ogni dannata domenica mattina, trovava Elio in cucina intento a preparare il caffè con la macchina per espresso e ad aprire una profumata scatola di macaron appena comprati. Quel mattutino profumo di zucchero, Mici non lo avrebbe mai sentito, visto che l'uomo che avevano in comune scappava come un ladro sul far del giorno.

Ognuno pagava un prezzo in quello strano matrimonio a tre.

Anche Elio aveva pagato il suo e il ricordo gli era rimasto per tutta la vita.

Di ritorno da una serata a teatro in compagnia di Giuliana, in cui si era annoiato a morte, Elio,

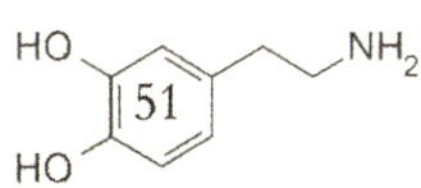

per sbaglio e imperdonabile noncuranza, aveva commesso un errore immenso.
«Mici, metti in carica il mio cellulare per favore» aveva detto, rivolto alla moglie.
Lo schiaffo l'aveva colpito in pieno alla guancia sinistra, inaspettato.
Giuliana ci aveva messo tutta la propria forza e poi lo aveva fissato senza dire una parola.
Elio aveva berciato e gracchiato, ma lei non si era mossa di un millimetro. Quando lui era rimasto senza fiato, lei aveva puntato un indice, minaccioso come un'arma: «Io non sono Mici».
Da quel momento in poi, era stato solo l'assioma del bridge a regolare le loro vite: mai separati, ma mai del tutto insieme.
Qualche altra Mici aveva inframmezzato la relazione parallela e poi, un giorno, una vita di eccessi aveva presentato il conto a Elio. Un conto che esigeva di essere pagato subito.
Qualche amico del tavolo del bridge aveva avvisato Mici, che non aveva potuto presentarsi al funerale, così come, ironia della sorte, a nessun pranzo di famiglia o cena natalizia di beneficenza.
Come abbiano fatto tre creature a resistere per vent'anni in una storia del genere è una cosa che mi sconvolge.
Quante cose non capisco di voi. La sofferenza, la noia, la rabbia e la paura sono ingredienti che usate

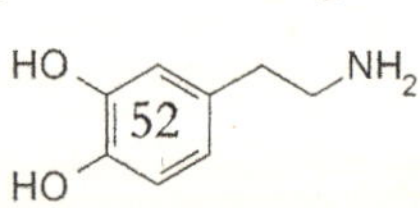

per creare delle incredibili alchimie di relazioni, che io osservo stupito da un vetro.

Ormai sto accompagnando Giuliana da un anno, da quei primi giorni di sensazioni indefinite in cui non sapeva se sentirsi affranta o euforica, e l'ho aiutata a capire che in ogni grammo di libertà riguadagnata c'è sempre qualcosa che va perso, una certezza stabile anche se sgradita.

Oggi Giuliana ha ancora mille cure per se stessa e per ciò che fa, ma non più per rincorrere lo spettro della dignità. Lo fa perché questa vita è sua, questa è la partita che lei ama e il bridge, si sa, è un gioco molto lungo.

Giuliana ha ancora molte mani da giocare.

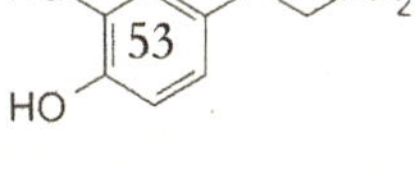

Binge

Io amo gli Smashing Pumpkins e amo ascoltarli con Anna.
Anna è così bella quando balla nella sua camera saltellando su un solo piede, con la t-shirt nera dalla scritta *Zero*. Ruota le braccia in avanti, come se nuotasse, e agita i capelli neri con la testa bassa e gli occhi chiusi.
Se fossi un ragazzo sarei innamorato di lei, invece mi accontento di guardarla da una boccetta e di seguire i legami fra le sue sinapsi. Sono solo una combinazione chimica, ma a volte sono un gran sentimentale!
Peccato che Anna si sia fissata con *Bullet with butterfly wings*, e del bellissimo disco non ascolti più altro.
And I still believe that I cannot be saved urla Billy Corgan, e lei con la sua voce acuta dietro di lui. E non posso pensare che per lei questo verso non abbia un significato.
Si può dire che io sia entrato nella vita di Anna proprio a questo punto della canzone, mentre lei è ancora ferma sul margine di una malattia che potrebbe ridurla all'ombra di se stessa.
Anna non digiuna, ma mangia poco.

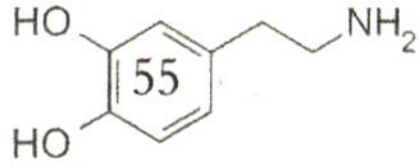

Non vomita, ma mangia quando non dovrebbe.
Non mangia tutto, solo una cosa. La sua ossessione sono le patatine nel tubo, il loro sapore, il loro odore, soprattutto il loro rumore.

Avete mai fatto caso ai rumori che il cibo produce? Lo sciabordare della pasta che cuoce e il sordo ribollire del ragù, ricordi dei pranzi di famiglia che portavano gioia da bambini, il risucchio degli spaghetti e le risate alla mensa con i compagni di scuola, lo schiocco di una tavoletta di cioccolato amaro sotto i denti, meritato premio di fine giornata.
Anna passa le sue giornate fra insalate e mele verdi. Una tazza di tè verde senza zucchero a colazione, uno yogurt magro e una mela a pranzo, insalata e qualche proteina a cena. Carboidrati e qualche sfizio ogni tanto. Questo è il suo limite, quello che non insospettisce i genitori e i parenti; il suo sistema la rende magra ma non scheletrica, graziosa quanto basta perché qualcuno si volti per strada, ma mai abbastanza carina per sé.

Di notte però, quando inizia il film in seconda serata, parte l'abbuffata.
La sigla che introduce i film d'autore è il segnale

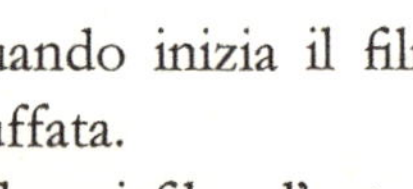

di via libera alla sua seconda vita, quella in cui il desiderio di distruggere e frantumare si sublima in un tubo di patatine. I suoi genitori sono già a letto e Anna cammina scalza dal salotto alla cucina.

Le patatine nel tubo sono sempre nello stesso punto della dispensa: mamma è un'abitudinaria ordinata e in questo non ci sono sorprese. La collocazione degli snack è fondamentale, perché il giorno seguente, Anna arriverà a casa con un tubo di patatine pieno, appena acquistato, da sostituire al precedente. Nessuno si accorge di nulla, o quasi.

In pigiama si sdraia sul sofà con il tubo in mano e appoggia dolcemente la nuca sui cuscini; la televisione sussurra in sottofondo, attutita, anche se il film è un thriller.

Anna fa scattare il coperchio di plastica trasparente e si gode il caldo scoppio all'apertura. È un suono familiare e rassicurante.

Il croccante rumore della membrana di carta che si lacera aumenta piacevolmente il sapore dell'attesa.

Afferra la prima patatina fra pollice e indice e apre le narici per inalarne il profumo penetrante e sapido. Sa che deve goderselo adesso che è all'inizio, perché andando avanti il suo naso non percepirà più nulla, stordito dall'ondata ripetuta di odore e sapore.

Appoggia la sfoglia dorata sulle labbra, leggera come l'ala di una farfalla.

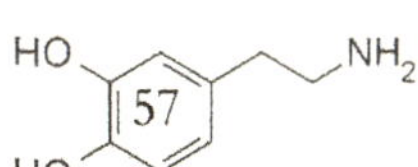

Il gusto del sale la appaga e le invade le papille, che si attivano come una piccola rete elettrica. I denti fanno scrocchiare quella piccola cosa che si frantuma con il suono di una roccia sgretolata.
Anna ha schiacciato il tasto off nella sua testa: prende le patatine a due a due e le mastica rumorosamente.
È il suono della distruzione di tutti i problemi della sua giornata, del lavoro precario, della sua immagine nello specchio.
Di giorno non è mai abbastanza bella, brava o magra, ma in quel momento non le importa; afferra e frantuma patatine, finché non percepisce più né gusto né odore.

Il tubo di cartone ormai è vuoto sul pavimento, allineato ad Anna sdraiata sul divano, il palato insensibile e lo stomaco pesante.
Il film in seconda serata ormai è finito.
Anna si alza dal sofà e il senso di nausea le prende la gola e la testa, come ogni notte. Raccoglie il tubo, il coperchio e, con un fazzoletto di carta, tira su briciole e granelli di sale.
È un copione collaudato: il fazzoletto e il suo contenuto finiranno nel tubo, che a sua volta verrà infilato in borsa e, l'indomani, nel primo cestino.
Sua madre non tornerà a casa prima delle sette

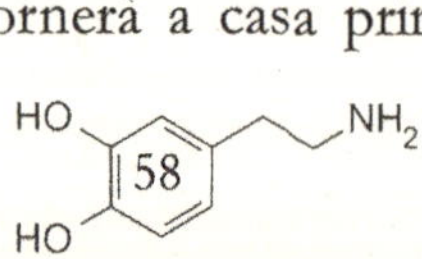

di sera, ora in cui Anna avrà già rimpiazzato la confezione.

Anna passa notti agitate e si sveglia con l'emicrania e la bocca impastata.

Il profumo d'erba del tè verde si combina in una miscela disturbante con il retrogusto di sale e con l'acido che le stagna in gola. Passeranno un paio d'ore prima che il suo stomaco possa concepire l'idea di concedersi un caffè, macchiato ma amaro, al distributore automatico.

In quelle due ore Billy Corgan continua a urlarle in testa *And I still believe that I cannot be saved* .

Anna, io vorrei cambiare la canzone che ti ronza nelle orecchie, e so che prima o poi ci riuscirò. Ascolteremo la stessa voce dal timbro tagliente, con la t-shirt dalla scritta *Zero*, ma tireremo su il volume su un altro brano dello stesso disco, quello che canta *Beautiful, you're beautiful, as beautiful as the sun...*

Salvare un ragno

Per Elisa un ragno era solo una cosa da far sparire nel tubo dell'aspirapolvere.
Dopo anni lo faceva senza badarvi, senza pensare a nulla più che a un pulviscolo.
Però era stata una lunga conquista. Elisa aveva una strana paura degli insetti, prima che io entrassi nella sua casa. Non una vera e propria fobia, ma una paura subdola e senza causa, che la paralizzava nelle situazioni più assurde. Aveva otto anni quando l'aveva sperimentata per la prima volta.
Era estate e la scuola era finita. Un luglio caldo inondava di sole la terrazza della casa dei nonni in cui Elisa passava la maggior parte delle giornate prima di andare al mare. Era una grande terrazza quadrata, incastrata in un basso condominio a tre piani da un fantasioso condono degli anni Settanta, popolata da sedie a sdraio fatte di strisce di plastica colorate e da piante di ogni dimensione.
Elisa palleggiava contro il muro per ore con un supertele rosso, poi portava fuori un registratore a pile e faceva i compiti ascoltando le sigle dei cartoni animati.
Rientrava giusto quando la nonna la chiamava per il pranzo, o al pomeriggio, quando un cono d'ombra

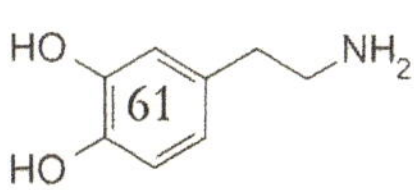

oscurava il cortile interno delle case di ringhiera, in cui il pallone finiva per cadere dopo ogni rimbalzo troppo forte.

Da un giorno all'altro però Elisa aveva iniziato a passare le giornate dentro casa, a fare i compiti alla scrivania senza musica, per non disturbare il nonno che dormiva, e a guardare la tv, invece di imitare le protagoniste dei cartoni sulla pallavolo.

Il super tele era rimasto abbandonato ai piedi di un grosso vaso di rododendro e, poco a poco, si era sgonfiato.

Elisa aveva deciso di non uscire più da quando aveva visto una lunga cavalletta verde attaccata al muro del balcone, un po' più in alto della sua testa. Non ne aveva mai vista una se non sui libri e l'esistenza di un insetto grosso come il palmo della sua mano l'aveva fatta sussultare. La cavalletta non si era mossa, non un fremito d'ali o la minima torsione della testa, ma a Elisa era bastato per far scattare un soffocante senso di paralisi.

Quella cosa si trovava più in alto di lei, avrebbe potuto saltarle sulla testa, impigliarsi nei suoi capelli, oppure volarle addosso ed entrare nelle maniche corte e svolazzanti della sua t-shirt.

Con la cocciutaggine dei bambini, Elisa aveva perseverato per una settimana nel suo proposito di non uscire più in terrazza, per evitare ogni possibile contatto con la cavalletta e i suoi simili.

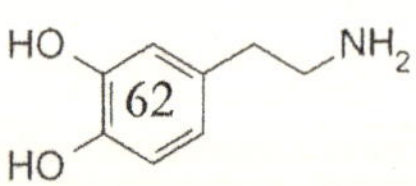

Poi il weekend era arrivato e i preparativi per le vacanze l'avevano tenuta occupata, facendo passare la preoccupazione in secondo piano, ma la paura non era stata del tutto sepolta.

La cavalletta era stata solo la prima manifestazione di quello sconsiderato timore, che l'aveva accompagnata negli anni in forme diverse, improvvise e inaspettate.
Erano gli anni dell'università e una notte, di ritorno da un'uscita in cui aveva tirato tardi, Elisa aveva sbattuto le sue adorate All Star nere sul balcone, con gran gioia di sua madre.
Il giorno dopo era uscita per riprenderle ma, non appena le aveva prese dal pavimento della stanza da letto, dalla scarpa destra era sbucato un lungo peloso millepiedi.
Elisa aveva lasciato cadere le scarpe con un grido e la bestiola si era rinfilata in tutta fretta fra il tessuto consunto. Invisibile.
Elisa sapeva spiegare molto bene la sensazione che aveva provato di fronte a quel piccolo insetto: era qualcosa di fisico. Le sembrava di sentire le zampette dell'animale che si muovevano leste lungo la sua mano, poi sul braccio e infine all'interno dei vestiti, a passeggio lungo il suo corpo.
Scusate, mi sono espresso male: non le *sembrava* di

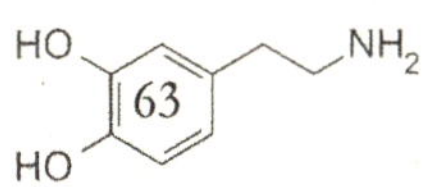

sentire quelle zampette, le sentiva realmente.
Quell'ansia sottile era diventata sempre più grande, soffocante, e dal corpo le aveva colonizzato anche la mente. La sua immaginazione vedeva il millepiedi pronto a entrare in contatto con il suo organismo e, chissà come, ad avvelenarlo.
Elisa era rimasta paralizzata.
Non poteva avvicinarsi alle All Star, il millepiedi avrebbe potuto saltar fuori all'improvviso e cominciare a camminarle sulla mano. Le si sarebbe infilato nei vestiti e, d'altra parte, Elisa non sarebbe mai stata capace di schiacciarlo: chissà cosa avrebbe potuto causarle il contatto con le viscere esplose dell'insetto.
Così, aveva optato per una vergognosa ritirata, dirigendosi a marcia indietro verso il corridoio, senza mai perdere il contatto visivo con le scarpe.
Aveva chiuso la porta della camera dietro di sé, perché l'essere sarebbe potuto uscire dalla scarpa e attaccarla.

L'intelligenza di voi umani si piega alle fantasie più incredibili, pur di evitarvi una sofferenza. Elisa non era stupida e sapeva che un millepiedi sarebbe potuto agevolmente passare sotto lo stipite di una porta in legno degli anni Sessanta, a cui mancava un abbondante centimetro per toccare il pavimento.

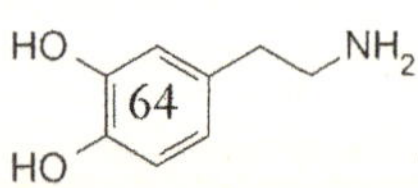

Aveva chiuso la porta, sperando che l'animale non si muovesse, come se un millepiedi sapesse leggere un immaginario cartello con scritto "*Non oltrepassare*".
Era uscita con la tuta da ginnastica che teneva in casa e ai piedi aveva messo un paio di mocassini, le uniche scarpe basse che aveva trovato nella scarpiera del bagno.
Di sera ci aveva pensato sua madre a risolvere la questione.
Con un sospiro aveva aperto la porta della camera da letto di Elisa e aveva spostato le scarpe in bagno. Le aveva slacciate indossando i guanti delle pulizie e il nemico le si era manifestato davanti, immobile e tremante; la mamma lo aveva spiaccicato con la suola della sua ciabatta e poi buttato nello scarico del gabinetto in un amen. Le scarpe poi erano finite in lavatrice con una dose extra di detersivo profumato.
Più tardi la donna aveva cercato per l'ennesima volta di ridimensionare la paura della figlia, ma le sue spiegazioni razionali sulla grandezza di una persona rispetto a quella di un millepiedi non servivano a nulla. A Elisa non interessava sapere che un insetto non può entrare nel corpo di un umano attraverso la pelle, né le importava che in Italia non ci fossero insetti velenosi. Quelle zampette che si sentiva camminare addosso e quel

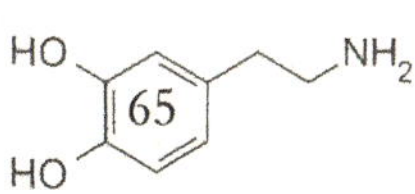

ronzio che occupava tutto il suo campo uditivo erano avversari contro cui non poteva combattere. Gli anni erano passati e la lotta di Elisa con gli insetti si era fatta comica.
Un giorno una cimice le era entrata in macchina e lei aveva usato il bloccasterzo come una stecca da biliardo per farla rimbalzare fuori dall'abitacolo. Anche Stefano, suo marito, aveva inizialmente cercato di farle capire l'assurdità della situazione, ma aveva finito per arrendersi e accorrere ai richiami della moglie con un fazzoletto in mano quando un insetto appariva all'orizzonte.
Le parole di Stefano erano state profetiche: «Un giorno dovrai arrangiarti da sola».
Elisa aveva fatto finta di non saperlo fino all'arrivo del piccolo Ivan.
Io sono arrivato qui nella mia boccetta poco dopo quel poppante fagottino.
Elisa era così stanca che ogni cosa le sembrava gigantesca, ogni notte senza sonno più lunga, ogni piccola incombenza enorme in una giornata vuota. Io le ho portato un po' di riposo e ho tolto qualche battito di troppo al suo cuore quando, per nulla, partiva come un'auto da Formula 1.
Così Elisa aveva trovato la calma per scoprire in Ivan tutta la tenerezza del mondo, quella che una madre regala a un figlio e che il figlio le rende con un sorriso e con la stretta di una morbida manina.

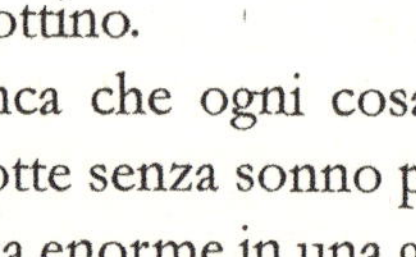

Suo figlio era una piccola persona che imparava le emozioni per mezzo suo, che si fidava della mamma per capire cosa dà gioia e cosa dà dolore, ciò a cui bisogna correre incontro e ciò di cui è bene aver paura.
Ivan era nel seggiolone, un pomeriggio di primo autunno, quando Elisa gli aveva proposto un goloso frullato di frutta.
Il bimbo teneva il bicchierone colorato da cui spuntava una cannuccia, ma era stato distratto dal ronzio sordo e persistente di una cimice infilatasi in cucina. Un bambino legge la sua mamma come lo specchio delle proprie emozioni, e Ivan era scoppiato a piangere all'improvviso, vedendo Elisa pallida e smarrita.
Io non sono che una minuscola scia chimica senza voce, ma quel giorno credo veramente di aver parlato: "*Guarda quanto è piccola quella cosa rispetto a te* ". Credeteci o no, forse la mia vocetta è stata ascoltata. O forse è stato semplicemente l'amore per Ivan che ha dato a Elisa il coraggio di superare la sua piccola, insensata paura.
Si era sfilata una pantofola e aveva aspettato come un cecchino che la cimice le passasse accanto in volo. Poi, al momento giusto, l'aveva stecchita con un colpo secco, mandandola a sbattere contro il muro. Si era avvicinata cautamente al cadavere del nemico con una decina di tovaglioli in mano e

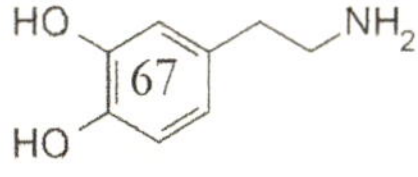

l'aveva toccato con un lembo di carta per verificare che fosse davvero morto. La cimice non si muoveva più.
C'era voluto così poco; in un amen, come diceva sua madre.
Di sera ci sarebbe stato il tempo di raccontarlo al telefono (*sai mamma, davvero sono più grossa di un insetto, ora*) ma in quel momento la vittoria era tutta per Ivan. Elisa aveva raccolto il cadavere stritolandolo fra cinquanta veli di carta da cucina, così forte da far uscire tutto il cattivo odore contenuto in quell'affare. Mentre buttava via l'involucro, aveva guardato Ivan, che era rimasto basito sul seggiolone con il suo frullato fra le mani, e l'aveva invasa un'improvvisa voglia di ridere.
«Cucciolo, senti che puzza ha fatto la cimice!» aveva detto al bimbo storcendo il naso.
Allora anche Ivan aveva riso a crepapelle e si era tappato il nasino. Quella volta, avevano finito il frullato in giardino, con la porta della cucina spalancata per cambiare aria.
Da allora, ogni volta che Elisa vede un insetto, ricorda quanto è grande e lo fa fuori con una pantofola o con il tubo dell'aspirapolvere.
È passato qualche anno e Ivan ancora ride quando racconta con la mamma dell'uccisione della prima cimice e della sua maleodorante vendetta.
Ieri però in questa casa è accaduta una cosa diversa.

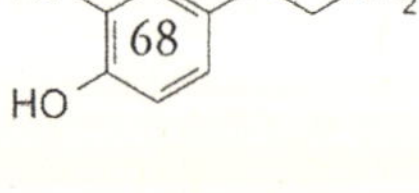

Ivan ha trovato un ragno sulla copertina del suo quaderno a righe. Un ragnetto piccolissimo, grosso come la testa di una vite, con le zampette corte e il corpo tozzo.

«Mamma, c'è un ragno.»

«Adesso lo schiaccio, tesoro.»

Ivan teneva in mano il quaderno e con la piccola creatura sembravano guardarsi negli occhi. Poi aveva alzato il suo limpido sguardo color nocciola verso la mamma e le parole non erano più servite. Elisa poteva aprire una nuova pagina della sua storia.

«Cucciolo, vuoi che lo salviamo?»

«Sì, mamma» aveva sorriso Ivan. Un bimbo aveva letto con fiducia sul viso della sua mamma ciò che era giusto fare.

Elisa aveva preso la mano di Ivan e insieme avevano aperto la finestra. Avevano scosso il quaderno oltre il davanzale e il ragno era planato sul muro esterno della casa. Nel giro di qualche secondo non si vedeva più.

Ci sono alcune occasioni inspiegabili in cui la tenerezza si concentra in pochi attimi, come per miracolo: io vago fra le emozioni di voi uomini e posso dire che poche cose valgono un viaggio come questo.

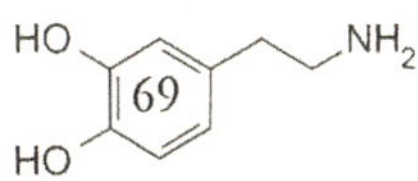

Può cominciare con un tè

Quante cose possono cominciare con una tazza di tè! Una storia d'amore in una caffetteria di Soho, profumata di bergamotto e fumo di sigaretta sulle giacche di tweed, il romanzo di un viaggio in India, nero e macchiato di henné, una nuova vita nella vecchia Cina, scintillante come una tazza d'acciaio e pungente come il sentore dell'erba.
Oppure il cammino con una molecola come me.

Il tè di Giulia non aveva profumo. Era un dozzinale tè nero da supermercato, con un gusto bruciacchiato, sgradevole, nonostante fosse stato offerto con gentilezza in una graziosa tazza di porcellana bianca.
Era bollente e le aveva bruciato la bocca. I crampi allo stomaco si erano fatti ancora più intensi.
Quella mattina nulla era andato per il verso giusto: la sveglia non era suonata, la lite con suo marito, il trucco raffazzonato sul viso, i figli assonnati da vestire in fretta con gli abiti da cerimonia. Nemmeno la colazione era andata bene: la piccolina aveva rovesciato il succo di frutta sui collant rosa e il grande aveva sparso briciole per tutto il salotto.

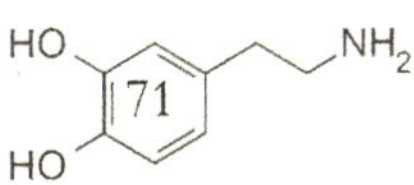

Il brontolio di suo marito si era attenuato e perso in un fumante cappuccino. Giulia non aveva mangiato, non aveva bevuto, solo un sorso d'acqua, ma questo era bastato a scatenarle una tempesta di crampi allo stomaco.

Una mano di rigida gomma le attorcigliava le pareti dell'addome come una vecchia t-shirt da dipingere con il *tye-and-dye*, così forte che non si attenuava nemmeno quando era seduta.

Il viaggio in macchina sino a casa degli zii era stato un'agonia di spasmi, mentre i bambini allegri, perfettamente incuranti della sveglia e del litigio dei genitori, giocavano ai selfie sul sedile posteriore.

«Giulia, che faccino smorto hai oggi» aveva detto sua zia in tono affettuoso.

Si era guardata nello specchio tondo dell'ingresso e aveva realizzato che la sua non era proprio una faccia da festa dell'anniversario.

Occhiaie segnate, kajal un po' sbavato, rossetto troppo scuro per il suo viso. Nulla che non si potesse correggere con una rapida volata in uno dei tre bagni degli zii, o semplicemente con un ripasso davanti allo specchietto dell'auto, ma Giulia non l'aveva fatto. Era rimasta seduta in salotto, con le braccia serrate in vita e la schiena piegata in avanti per cercare di attenuare la morsa del dolore.

«Tra cinque minuti partiamo per andare in chiesa» le aveva detto suo marito per darle del tempo.

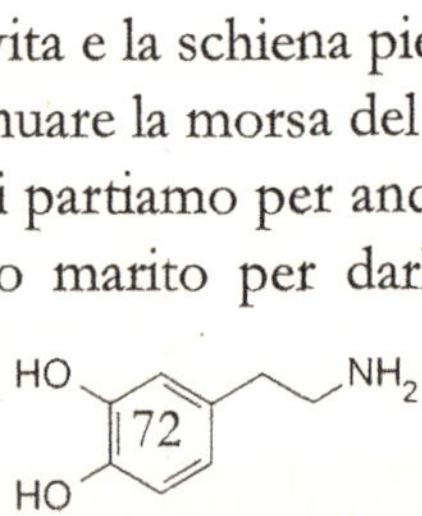

Giulia era stata attraversata da una fitta.
«Vuoi una tazza di tè?» aveva chiesto gentilmente la zia. Aveva accettato, sperando negli effetti che in passato aveva sperimentato molte volte. La zia aveva messo su il bollitore e nel giro di un minuto la bustina aveva fatto l'acqua bruna.
«Wilma, sei pronta?»
Lo zio aveva chiamato la moglie dalla soglia, tronfio nella sua cravatta nuova, dondolando le chiavi della macchina.
Giulia era nel panico: sapeva che il tè era ancora troppo caldo per essere bevuto, ma voleva provarci lo stesso, per tentare di calmare il suo stomaco e anche per non deludere la zia. Era la sua giornata e, nonostante la fretta, si era fermata per prepararglielo.
Il liquido caldo e amaro le aveva scottato il palato. Non c'era zucchero e il gusto di canapa le era sembrato ancora più pungente.
Aveva bevuto un secondo sorso senza sapere il perché e poi, sconfitta, aveva posato la tazza nel lavandino.

La giornata era trascorsa nello stesso modo, senza mangiare nulla del succulento pranzo, con gli avambracci stretti a comprimere i dolori di stomaco. Aveva guardato gli altri chiacchierare e

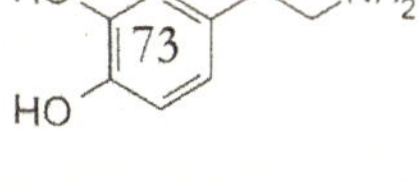

divertirsi, arrabbiarsi, battibeccare e poi passare oltre. Quello che lei non riusciva a fare.
In quella giornata non era accaduto nulla d'irreparabile, così come in molte altre, ma Giulia non riusciva a non legare fra loro le piccole e grandi avversità che si era trovata davanti.
Tante briciole di negatività nella sua mente formavano un disegno ordinato, un complotto del destino, con lei al centro.
Come?
Perché?
Nessuno lo sapeva, tantomeno Giulia stessa.
Si svegliava al mattino con davanti agli occhi la sua disastrosa mappa stellare, che diceva: *Oggi sarà una pessima giornata.* E cazzo se lo diventava!
I Cure cominciavano a battere le più cupe note di *Disintegration* e la profezia si avverava.

Non le passava per la testa l'idea di poter cambiare visione, cambiare musica, cambiare ritmo e fermarsi a respirare.
Quella sera, quando finalmente lo stomaco le aveva dato tregua, aveva deciso di cambiare, nel modo più difficile, non solo con i buoni propositi, ma con i fatti.
Il giorno dopo aveva preso la mano di suo marito: «Sono stanca di questi alti e bassi, di queste montagne

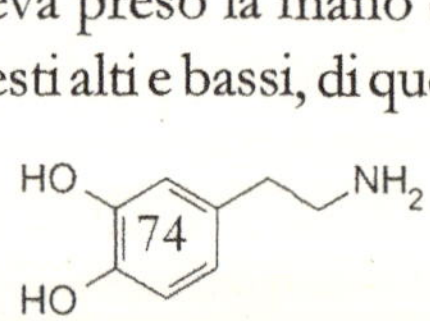

russe. Ho bisogno di qualcosa che mi aiuti».
Lui le aveva stretto la mano e aveva fatto sì con la testa, poi erano usciti insieme.
Adesso io sono qui e la mappa stellare di Giulia è finita nel cestino della carta riciclata.
Ed è solo lei ogni mattina a decidere se cominciare la giornata con i sussurri di *Lovesong* o con la bizzarra, cigolante porta dell'armadio di *Close to me*.

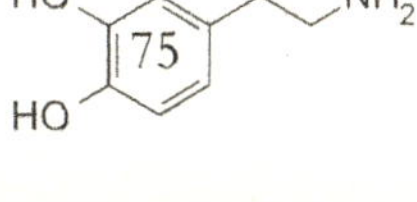

ASK

Confesso la mia ignoranza.
Sono un composto chimico un po' datato, nonostante i ritocchi alla formula che si sono susseguiti nel tempo, ma questa volta mi sono sentito l'equivalente di una vecchia *Ritmo* che tenta di sfrecciare sull'autostrada fra bolidi a sei marce, ma che finisce per arrancare sulla corsia di destra.
La prima volta che ti ho sentita litigare con tuo padre a proposito di Ask, pensavo davvero parlaste degli Smiths.
Si sono riuniti? Tornano in tour, mi sono perso qualcosa?
Lucio non mi porta mai fuori, è un uomo all'antica, non prenderebbe mai una medicina davanti ad altri, ma devo dire che in casa sua risuonano sempre musiche stupende.
Sai che tuo padre ogni tanto canticchia?
Sotto i baffi, non si sa mai che i vicini possano sentirlo attraverso la porta blindata, ma lo fa. Sempre quando è solo però; quando c'è la sua compagna, non canta mai.
Ti sorprende?
Beh, Wendy, tuo padre non è nato anziano, ha vissuto la sua giovinezza, a modo suo, e qualche

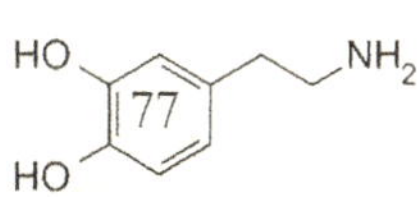

ricordo gli ritorna, di tanto in tanto.
Uno di questi è il concerto degli Smiths a cui andò a Londra durante una vacanza studio, usando i soldi destinati a una serata a teatro per vedere *Re Lear* in lingua originale. Tuo padre mentì ai nonni - sorry per Shakespeare - ma andò alla Brixton Academy a sentir cantare Morrissey.
Al telefono, il giorno dopo, raccontò anche di quanto fosse stato poetico ed emozionante il *Re Lear*.
I tuoi nonni non lo scoprirono mai, perché non avrebbero sospettato che quel figlio tutto d'un pezzo potesse nascondere qualche stravaganza musicale.

Ieri sera Lucio non si è preoccupato del tono della sua voce, né della presenza di Elena, né di cosa potessero pensare i vicini. La sua unica preoccupazione eri tu.
Tu, Wendy, che oggi hai passato la giornata avvolta in un tartan sul divano di tuo padre, come intontita, troppo stanca di piangere, lasciando vagare la mente fra immagini senza senso, per non pensare realmente a nulla.
Elena ha preso la mattinata di permesso per restare a casa e poi si è data il cambio con tuo padre all'ora di pranzo, per non lasciarti sola. Sono stati lì, senza

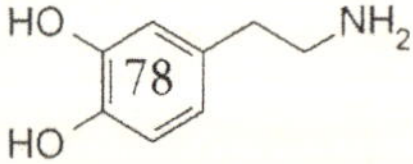

disturbarti, perché anche loro erano stremati dalle valanghe di parole che hanno travolto tutto, in questi giorni. Un po' come le parole sullo schermo hanno travolto te.

Io sono solo un legame chimico, una formula, e non so dirti se una parola sia reale o virtuale. Non puoi toccarla come tocchi un sasso, ma il dolore che può infliggerti è reale come quello di una spada.

"Cesso – troia – sparati vacca": le risposte.

"Come sto con quest'abito?": la domanda.

Ask significa *chiedi*, ma non in fa minore come cantava Morrissey.

Ti chiedo qualcosa, così entrerò a far parte della vita; chiedetemi qualcosa, così proverò che esisto. Così sembra funzioni in quel mondo virtuale che spaventa tanto i tuoi genitori.

Un fiume di disperazione ha travolto te e tua madre nell'ultimo fine settimana, a partire da quell'innocente domanda che hai posto venerdì sulla tua bacheca, sotto alla tua foto con il vestito indossato a Capodanno.

È una tunichetta dorata che ti arriva appena sopra il ginocchio, a strati sovrapposti, leggermente trasparente attorno al collo e sull'orlo; le grosse paillettes nere interrompono la monotonia del tutto oro, così aveva detto la commessa del negozio in cui lo avevi comprato.

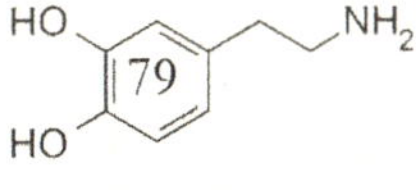

Pensavi che quella fosse la tua foto più bella.
Sorridi senza stare in posa, reggendo un calice di plastica con dentro un dito di spumante.
Avevi visto molte altre foto come quella, postate sulle bacheche di altre ragazze, anche quelle della tua compagna di scuola che partecipa a tutti quei concorsi di bellezza e che raccoglie centinaia di cuoricini, "bella" e "bona".
Non lo hai fatto per invidia, ma solo per provare che in quel mondo esisti anche tu.
Clic, ecco la foto di Capodanno.
"Come sto con questo vestito?"
Nessuna risposta nella prima ora.
"Bellissima!" dopo qualche tempo, ma quella era Stefi, la tua amica del cuore, quindi non conta.
Poi, come un rivolo che si fa fiume in piena, erano comparse.
"Fai schifo – orrida da far paura – grassona – impiccati e facci un favore".
Perché?
Lo hai chiesto mille volte, piangendo, a te stessa, al destino e anche ad Ask, ma nessuno lo sa.
Non si sa mai chi dia il calcio d'inizio, un maniaco, un frustrato o uno della tua classe che non sa che cazzo fare, le interpretazioni di mamma, di Elena e di Stefi si erano sprecate, ma il risultato per te è stato un dolore così profondo come solo a sedici anni si può provare.

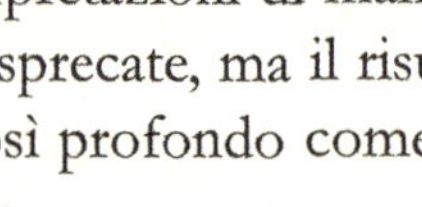

Hai spento il cellulare, ma sapevi che le parole erano ancora nell'etere; ti hanno picchiato in testa per tutta la notte e hanno aspettato il tuo risveglio, dopo poche ore di sonno agitato, il sabato mattina. Hanno ricominciato a martellare, fino a farti pensare davvero di impiccarti e far loro un favore. Parole come frecce, scoccate da una mano senza corpo e senza voce, che al sicuro adesso ride, o gioca alla Play, o pensa già a qualcos'altro.

Solo Lucio è rimasto una roccia.

Ha ascoltato e ha inghiottito la rabbia che gli saliva come un fiotto d'acido dall'esofago, io potevo sentirla, mentre scivolavo dentro di lui per portargli un po' di sollievo. Ha cercato di comprendere una cosa che ancora non conosceva, di addentrarsi senza mappa in un labirinto dalle pareti curve, ha imprecato e si è abbandonato su una sedia.

Solo per un minuto.

Poi ha preso fiato, ti ha teso una mano e ha detto: «Andiamo».

Tu lo hai seguito, come facevi da piccola tirandogli la cintura del cappotto, che chiamavi "la coda", e non lo facevi da molto tempo.

Senza battere ciglio ha stampato tutte le videate che gli avevi mostrato, piene di frasi ributtanti contro la sua bambina, poi ti ha lasciata con Elena

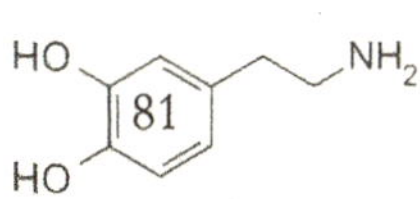

e ha fatto a piedi due rampe di scale. Ha suonato alla porta della poliziotta che abita al quinto piano e hanno parlottato un quarto d'ora sulla soglia.
Lei gli ha stretto le mani ed è corsa in casa a infilarsi un paio di scarpe da ginnastica, poi sono partiti con la sua auto.
Lucio è rientrato dopo un paio d'ore e si è seduto sul divano con te e con Elena. «Si risolverà, la risolveremo» ha detto con il tono pacato e sicuro di sempre.
Tu, finalmente, ti sei addormentata di un sonno profondo come quello dei bambini quando dormono al sicuro.

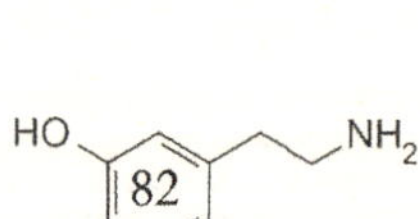

BEVERLY HILLS

La chiave gira nella toppa e finalmente Daria rientra a casa. Sono le sette e mezza e lei caracolla come un fenicottero in bilico sui tacchi, con la borsa sotto braccio, il borsone da lavoro appeso a una spalla e la posta, appena estratta dalla buca delle lettere, stretta fra i denti.

Il borsone, zeppo di camici e mantelline da lavare, è il primo a fare il botto sul pavimento di gres color ocra. Poi la posta – un paio di bollette, le offerte di una casa cosmetica, una rivista di moda e due cataloghi per parrucchieri – viene sputacchiata sul tappeto. Solo la borsetta viene delicatamente appoggiata sul comò dell'ingresso, e meno male, visto che è una matelassé rosa con una fibbia di cristalli.

Finalmente Daria scende dai tacchi.

Per fortuna è abbastanza ragionevole da non portarli mentre lavora, ma appena varca la soglia del suo negozio di parrucchiera, risale sulle scarpe alte.

Mi chiedo perché li indossi, visto che la sua altezza sfiora già il metro e ottanta, ma in fondo già conosco la risposta; vivo con lei da quasi un anno e capisco che, come la tracolla, sono un distintivo

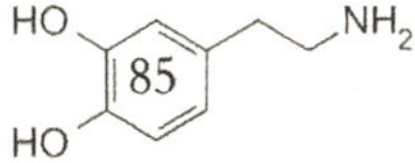

e segnano un'appartenenza. Non a un partito o a una squadra del cuore, sono il segno che Daria appartiene al mondo delle donne.

La gatta Bond, sino ad allora nascosta dietro al divano, raggiunge con un balzo il piede di Daria e miagola rumorosamente.

«Mi dai il bentornato?» chiede rivolta alla micia. «Ti conosco, lo fai solo perché hai fame.»

Bond si lamenta sempre più forte e il suo lungo pelo grigio sembra una buffa pantofola sul piede sinistro di Daria. La donna va in cucina e tira fuori una scatoletta da uno sportello basso della dispensa: sull'anta bianca a specchio c'è attaccato un adesivo che riproduce uno dei gatti di Andy Warhol, con su scritto a pennarello viola "Bond".

Daria aveva dato quel nome alla micetta poco dopo averla trovata, un batuffolo infreddolito e sporco che miagolava davanti al suo negozio, perché si era subito resa conto della sua capacità di nascondersi e tendere agguati come James Bond, ma non aveva previsto che la cucciola sarebbe diventata una supponente gattona, con un angolo di dispensa tutto per sé, con il suo cibo, i suoi piattini e il suo cucchiaio.

Non appena Daria le dà il piatto, i lamenti di Bond cessano, sostituiti da un godurioso masticare.

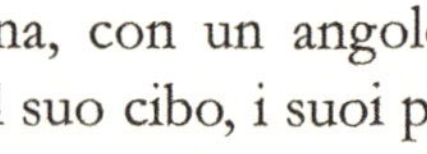

Daria le regala un paio di carezze e poi la lascia in pace: Bond non ama essere infastidita mentre mangia e, una volta finito, sarà lei a cercare le coccole sul divano, se non per gratitudine, almeno per assicurarsi un pasto per il giorno successivo.
«Gli animali sono sistemati, passiamo agli umani» dice Daria ad alta voce.
Versa un bicchiere d'acqua e prende il flacone che mi contiene: sembra che ci stiamo guardando negli occhi attraverso il vetro. Sette, otto, nove, dieci gocce: le ingoia con l'acqua tutte d'un fiato e poi fa una smorfia. Il bicchiere finisce nel lavandino e Daria apre il frigo.
Stasera Roberto non ci sarà, quindi può permettersi una serata stravaccata sul divano senza cucinare nulla; anche alla doccia penserà dopo, adesso è solo il momento di sfilarsi i pantaloni e buttarsi sul sofà con un barattolo di yogurt.
Comincio il mio viaggio rilassante fra le sinapsi di Daria mescolato a cucchiaiate di yogurt alla fragola, mentre lei passa con il telecomando da un canale all'altro. Telegiornale no, ha già letto il cartaceo, lo sport non le interessa, guarda il calcio solo quando c'è Roberto, le repliche della *Signora in Giallo* possiamo anche evitarle, quindi non restano che i canali nostalgia, quelli che ripropongono film e telefilm di modernariato. Cos'è apparso sullo schermo?

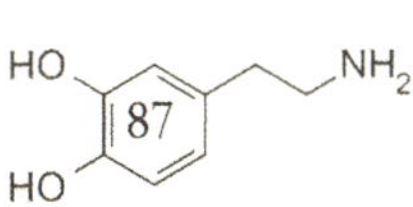

Beverly Hills 90210, sicuramente Daria si fermerà qui. Infatti, finalmente si distende e riprende a divorare lo yogurt, godendosi questa pietra miliare che negli anni Novanta fece irruzione nella vostra ancora ingenua tv adolescenziale.
Allora Daria non si perdeva nemmeno una puntata; o meglio, Dario non se ne perdeva una.
La vecchia versione di questa ragazza alta, con le gambe lunghe e magre e i capelli neri liscissimi, era ancora un goffo bruco, una brutta e pesante crisalide destinata a imprigionare il suo contenuto per molto tempo.
Dario guardava *Beverly Hills* perché adorava Brenda, o forse perché avrebbe voluto essere Brenda, mentre oggi Daria sorride guardando sullo schermo le cosciotte strizzate negli shorts e le pettinature con la frangiona. Quelle mode sono passate, per fortuna, come sono passati i tempi in cui c'era chi alle superiori la chiamava *frocio* e le scriveva sul banco *chiappe larghe e denti stretti.*
Le amiche della sua classe avevano cercato di cancellare dal banco quella scritta fatta con l'uniposca verde, ma non avevano un solvente, quindi avevano cercato di raschiarla via con le forbici prima che lei rientrasse in classe, dopo l'ora di ginnastica.
Non avevano fatto in tempo. Il mastello di yogurt alla fragola è finito e il telefilm anche.

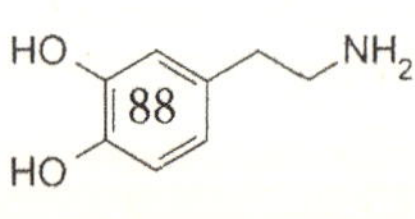

Daria sa di non poter sprofondare in un passato di sofferenze e nemmeno nelle recriminazioni, perché quel passato ha fatto di lei la donna che è oggi. In questo cammino io la sto accompagnando.
Alza lo sguardo verso il muro su cui ha appeso una stampa di Marilyn Monroe e Jane Russell, girate di spalle con il costume da ballerine in *Gli uomini preferiscono le bionde*. Accanto, una grande cornice argentata mostra una foto della scorsa estate, lei e Roberto su una spiaggia alle Maldive, in un momento di felicità.
Oggi, dopo l'ultimo litigio, la felicità sembra lontana.
Forse ha ragione Mirella, la sua apprendista, che continua a ripeterle: «La storia con Roberto la stai sabotando, ti stai sabotando da sola».
L'ultima volta lo aveva sfinito con le solite domande per cui non sarebbe mai esistita la risposta giusta.
«Quanto la fai lunga, Daria» aveva sbottato lui prima di andarsene. «Io ti ho conosciuta donna e mi vai bene così. Forse mi intriga il fatto che tu fossi maschio prima, non lo so: quello che so è che ti amo così come sei, ma non ti andrà mai bene. Per me non sei mai stata un trans.»
Roberto sapeva essere secco quando voleva, e aveva usato quella parola perché la detestavano entrambi.
Quella volta però aveva ragione.

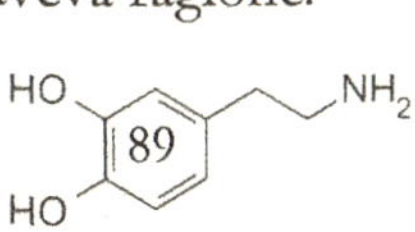

Daria prende il cellulare e inizia a comporre un messaggio, un testo stringato, dopo mille ripensamenti.
L'amore le fa paura e ha sempre cercato di difendersi da lui, ma oggi è stanca di farlo.
– Scusami
– Ce la fai ancora per cena? (icona con faccina contrita)
Passa un minuto, poi bipbip.
– (icona del dito medio)
– (faccia arrabbiata)
Passa un altro minuto, in cui gli occhi di Daria stanno per cedere alle lacrime.
Bipbip.
– Porto due pizze? (scrive Roberto con l'icona di un mazzo di rose).
Daria dimentica il secchio di yogurt ingurgitato e risponde schiacciando i tasti con tutta la sua forza.
– Sìììììììììì
La casa è un vero pandemonio e lei è in disordine con il trucco sbavato: adesso deve fare in fretta a riordinare, perché lui sarà qui fra poco.

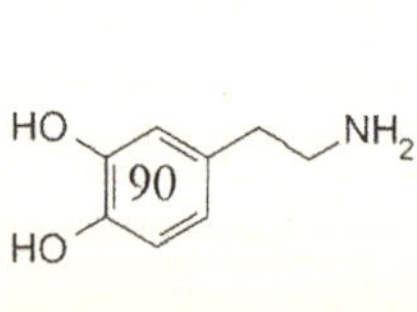

Note

La formula chimica che è al fondo di ogni pagina raffigura la dopamina, un neurotrasmettitore importante nella stimolazione delle emozioni.
Abbiamo scelto di inserirla per un mero piacere estetico e perché questa molecola viene prodotta, oltre dagli stimoli fisiologici (come il sonno, il cibo, il sesso), anche dall'ascolto della musica.
Nel sito www.edizionisuigeneris.it trovate la playlist di *Diario di una molecola psicoattiva*.

Indice

Collana *Pierre Dumayet*

Pierre Dumayet è un personaggio di *Come un romanzo* di Daniel Pennac. Il professore che stima così tanto i suoi alunni da fargli leggere quel che gli è più caro e regalare, con la sua infinita pazienza, persino l'illusione dell'amore. La collana ha il suo nome perché ci si rivolge ai Lettori, proprio come quel personaggio, dando loro il libro nelle mani con lo stesso entusiasmo, con la stessa felicità che si ha quando si porta un dono. In paziente attesa di sapere che qualcuno, aprendolo, vi abbia trovato quel che, senza saperlo, cercava.

Oriana Conte

Autobiografia

Cristina Nori è nata nel 1975 a Torino, città dove vive e lavora. In passato si è occupata di associazioni culturali e di organizzazione eventi; attualmente lavora nella pubblica amministrazione. *Diario di una molecola psicoattiva*, nato come blog, è il suo primo libro.